星光与大海

马福德　著

中国文联出版社
http://www.clapnet.cn

图书在版编目（ＣＩＰ）数据

星光与大海 / 马福德著. -- 北京 ：中国文联出版社,2022.11
ISBN 978-7-5190-5005-4

Ⅰ. ①星… Ⅱ. ①马… Ⅲ. ①诗集－中国－当代 Ⅳ. ①I227

中国版本图书馆 CIP 数据核字(2022)第 194686 号

作　　者　马福德
责任编辑　周小丽
责任校对　潘传兵
装帧设计　IDEA·XD 舒刚卫

出版发行　中国文联出版社有限公司
社　　址　北京市朝阳区农展馆南里 10 号　　邮编　100125
电　　话　010-85923025（发行部）　010-85923091（总编室）
经　　销　全国新华书店等
印　　刷　中煤（北京）印务有限公司

开　　本　880 毫米×1230 毫米　　1/32
印　　张　4
字　　数　60 千字
版　　次　2022 年 11 月第 1 版第 1 次印刷
定　　价　36.00 元

星光与大海

刘洪彪 题

星光与大海

洪海题

中国书法家协会理事、书法家李洪海先生为本书题写书名

作者书法作品

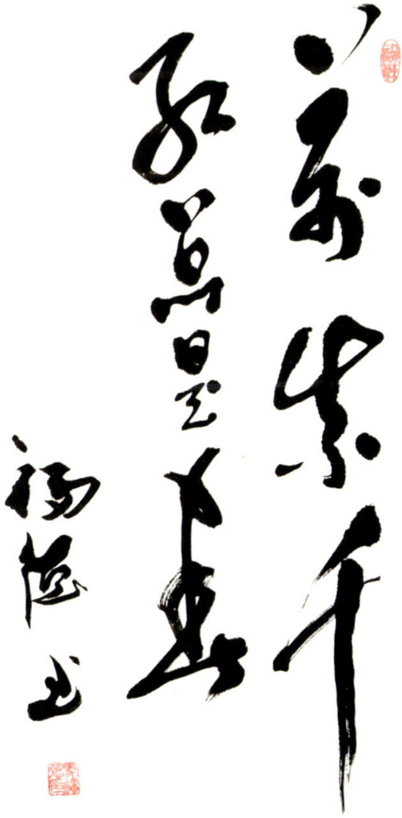

低矮，利于生，益于长
小草枯了又青
野花悄悄攀上山顶
江河湖海在凹处流淌
流淌不完的是广大，是无穷
——《自己见证了自己》

刘继先/摄

你的名字 ——
如春水般澄澈
如春光般亮丽
如春雨般梦幻
你的名字哟
如春风的手指
轻轻拨动大地的琴弦
——《不仅仅因为留恋》

刘继先/摄

他们在自己的世界里
用自己的语言，自己的行动
阐述同一个主题
竟如此生动
——《树上，树下》

仙扎根/摄

村口那片柿子林
小红灯笼似的柿子，迎风款款摇曳
是告别也是挽留
村里的老人都说，俺村大名"定福庄"
"柿柿如意，定有福气"
——《是谁唤醒了熟睡的记忆》

畅泽军 / 摄

岸上的灯塔在炊烟下召唤
宛若母亲唤儿回家的身影
万家灯火拥入打湿的胸膛
是母亲和游子久别后的相逢
——《水兵、浪涛和晨曦》

我喜欢有一阵大风掠过
碧浪如山起山落
那叶帆如一只海鸥站立浪尖
依然自由自在
——《帆的远影》

仙扎根／摄

黄河，你是坚强的
九曲十八弯，宛转，腾跃
浩浩荡荡，一路向东
激流穿过险滩，巨浪挽起百川
——《致黄河》

海的记忆，诗的天堂

——马福德将军诗集《星光与大海》序

峭　岩

又一次读到马福德将军的诗集，为夏天的酷暑带来了一缕清凉。我的眼前又浮现出一副专注、思索的面孔，他展卷而读，伏案而写，诗的灵性占据了他全部的闲暇时光。面前的诗集是他的第四个诗意符号，无不凸显出汗水和心血的痕迹。一位离职的将军，他处优而不坐享，而是埋头辛勤耕耘，在另一个世界建造诗歌的天堂。其精神可嘉。

马福德将军的诗有两个特色。一是真诚笃定，认准了方向，全力以赴之。二是诗意营造，不守旧泥古，尽力向现代诗的品质攀爬靠拢，在时代的大背景下，寻找创新的路径。一路上，他乐此不疲，且行且歌，吐纳诗歌的锋芒与芳香。

读了他的诗，我们发现了一片汪洋的大海，一簇一簇浪花般的诗歌。无疑，这是记忆深处的灵魂钩沉，又是一次诗意的精神回归。我们知道，他曾有15年海军的生涯，大海、浪花，军舰、炮艇，成为他一生的生命底色。正是这个生命底色，奠定了他一生的价值取向，给了他庞大的诗意气场。

我们说"诗言志"，每个诗人有每个诗人的心志，这种铭心刻骨的心理刻痕，铆钉在心灵上，流淌在血液里，缔结成几十年乃至一生挥之不去的情结。《毛诗序》中说："诗者，志之所之也，在心为志，发言为诗。情动于中而形于言，言之不足，故嗟叹之，嗟叹之不足，故咏歌之。咏歌之不足，不知手之舞之，足之蹈之也。"这是说，一个诗人的创作心态和他笔下文字的生成由来。

马福德将军的心志是什么呢？就是给了他理想、给了他青春、给了他力量的大海，从中他找到了庞大而坚强的依托，于是有了不可抑制的澎湃激情，由此编织出星光、浪朵的诗的七彩花环。

在这里我要说的是，任何优秀的诗人，哪怕天才诗人，都逃脱不了生活的原始形态，好比鹰飞得再高也不会远离大地的吸引力一样。而有了生活不会"调色"，也会杂乱无章。诗有简约、含蓄、节奏、意象、意境的遵循，又有无数经典列陈其中，尤其自媒体空前发达的当下，诗人已进入一个"自由不羁"的时代。无疑，创新、超越、改变自我，成为对每个诗人的挑战。马福德将军拥有的生活是大海，辽阔、激烈、壮观，又有豪迈、青春的气度生活包裹了他，他毫无选择地投身其中，一再审视、打磨、探微、归纳之后，实现了诗的再造之美。

他是这样定义大海的："没有谁比你更懂得生命的含义/生为大海/死为大海/你的手臂长过海岸/你的足迹多过浪峰涛脊/浪涛是永不停止的脉搏/潮起潮落是你日日坚守的呼吸/每一朵浪花都为你插翅飞翔/远方，挂满梦幻的彩翼"（《一心痴守》）。而对海岛的认知，是"在喧嚣的波涛起伏的大海/海岛是寂寞的/它习惯独处/默默不语/浪击，浪打/风吹，雷劈/它不说话/笑看风高浪起"（《海岛》）。他深爱着这一片汪洋，懂得大海存在的意义："向往是辽阔的天空/希望是广阔的大地/若没有你/何来梦想瑰丽//深深的根是源/碧绿的叶是泉/若没有你/何来春华秋实//海纳百川博大/浪涛激荡不已/若没有你/簇簇浪花也失去了根基"（《若没有你》）。

无须过多的举证，读者会从中读到诗歌更多的精彩。

综观马福德将军的诗作，是对过往的再一次咀嚼、整合而得。其回忆的有滋有味，有诗有画，有感有悟，根源在于生活的积累。假如没有海军的生活历练，也没有这些词章的诞生。当然有了生活而不去提炼，不去思考，不去诗化，也没有诗歌的创作。

应该说，历经几次出书的经验，于构思、立意、意象，以及语言的锤炼、运用上，他已掌握了一定的技巧，已形成明朗、硬实、言之有物的语言表达特色。路子是正的，当前一些所谓新诗的轻浅、龌龊、低俗的现象，在这里没有隐身之地。这与他多年坚守的人生观、价值观、审美观是密不可分的。

刘勰说："人心之动，物使之然也。"（出自《礼记·乐记》）是说人的主观用意是获得外部事物的动力。记得法国美学家杜夫海纳在《审美经验现象学》中曾说："不同的知觉者在艺术品中发现的意义和作品的深度是不同的，但不管什么意义，总是在作品中发现的，而非他自己外在赋予作品的。"说的是作者知识储备、生活储备和艺术创作的关系。储备越丰厚，作品的质地越纯粹。这也再次证明"我创造，所以我生存"的道理。

诗无涯，学也无涯。马福德将军有着丰盈的蹈海经历，又怀有一腔诗的热情，诗路方长，梦想致远。应该看到，时代的潮流不比以往，今天的现代诗已千姿百态，尽管优劣参半，于庞大的洪流中，黄钟大吕、异峰突起也是令人瞩目的。保持诗的正义感、向上的引领意志，是多么可贵。

九万里风鹏正举。希望马福德将军披挂盔甲，再登征程，抓住大海之绳，揽日月之光辉，以更美的、健硕的、充盈生活气息的美好诗篇，回馈培养我们的人民军队，回馈伟大的新时代。

我俩都是老兵，戎马历程心志同，又都是诗坛挚友，彼此，彼此。但愿以此共勉。

此为序。

2022年7月28日于京城花园书斋

峭岩 解放军出版社副社长，编审，当代著名诗人。中国作家协会会员，中国诗歌学会常务理事，中国作家书画院副院长，国际诗人笔会副主席。出版《峭岩文集》（12卷）。

目　录

第一辑　岁月如海

第二辑　爱满小院

第三辑　春天来了

畅泽军/摄

第一辑

岁月如海

岁月的脚步

一刻也不肯停留

岁月如海，浪追浪

波澜壮阔，峰连峰

源泉

水流百转归大海

多么辽阔的海

都少不了峡谷小溪潺潺的清泉

都少不了平原小河弯弯的流水

是万水的血

是千山的骨

把海

养大

因为你的名字

你大水浩瀚

载舟无数

却不留一条航迹为自己

千帆过后

风平浪静

不留一点印象和回忆

因为你的名字叫

大海

不眠的夜

思念，总是期待相见

若期待有望

不在乎早晚

若有一天，思念成为奢望

我会默默深藏心底

血浓于情

春藏于暖

泪痕或深或浅，或甜或苦

不是思念太长

而是不眠的夜太短

自己见证了自己

小草是低矮的，野花也是
比小草、野花还低矮的
是生命，它也哺育生命
它润泽芳菲，让漠土化良田
也总是从高处往低处行
居卑处微是它的本性

低矮，利于生，益于长
小草枯了又青
野花悄悄攀上山顶
江河湖海在凹处流淌
流淌不完的是广大，是无穷
它们做了自己的见证

沉默的礁石

卧底海边
大水漫腰
面对激涛猛浪
它岿然不动

日复一日
默默守候
心中有无边的眷恋
无须再多的语言

驰骋的山峰

所有的山峰

都在眼前驰骋着

追逐着

呼风唤雨

是战马,是坦克

又像沃野绿涛万顷

被一张张无形的

铁犁耕耘

瞬间翻越无数土丘

大地演化另一番图景

看着,看着

我的心也飞了

跟着山峰奔跑起来

无花果

不是你不开花

是你用自己的独特方式

把花开在自己的心里

用果实包住花的芬芳

用秋光镀亮圆圆的身体

你用一生的秘密

让我们懂得

藏起来的才美丽

包起来的才甜蜜

一头系着云，一头系着浪

桅杆挺起身段

大海升起一叶白帆

和桅杆并驾齐驱

捕捉来风八面

一头系着云

一头系着浪

一端连着倔强、坚韧、从容

一端连着梦想、勇敢、未来

中国军舰，是雷，是火

蓝色诗行，写满大海蓝天

锚

一块长了八爪的铁

死死抓住海底

一条守护生命的缆绳

紧紧拉住山一样的船体

心如铁坚

埋在泥沙里

潜身水底

拼尽所有的呼吸

忍辱负重

默默无语

舰长像你

船员像你

海的断想

你是江河的归宿
岛屿的家乡
你是浪花的田野
白帆的翅膀

浪的幻想属于你
涛的奔放属于你
旭日的摇篮是你
朝霞的向往归你

你因大地而永恒
你因天空而宽广
月亮掉到海里洗澡
星星种进海里放光

潮，是我在诉说
汐，是我在歌唱
我是大海的骑士
是我梦想开花的地方

秋之声

枫叶当风

一场场呼唤山岭的倾情演出

秋菊吐香

一首首独树一帜的婉转清音

芦花飞雪

一曲曲随风飘向远方的长调

残荷摇叶

一阕阕凄美动人的生命咏叹

蝉鸣惊树

一段段依依不舍的嘶哑低吟

高粱泛红

一串串激情如火的万人合唱

秋之声

绵延不绝，喊叫一个大大的秋天

一朵雪花

一朵雪花
从天庭落下，就飘呀，飘
自由自在，和风儿牵着手
快快乐乐，任意逍遥
一朵雪花，一个梦想
把宇宙装扮得无限妖娆

轻盈的身影，脚步轻轻
它想叩开一户户房门
落下又飘起的身子
多想飞得更高，更远
春天，在远方
雪花已发出了漫天的邀请

岁月如海

岁月的脚步
一刻也不肯停留

岁月如海，浪追浪
波澜壮阔，峰连峰
黎明破晓，时光转
繁星闪耀，不夜天

岁月如海
我们都是海上的船
走在风浪中
浪高帆为峰

无题

大海总是浓雾弥漫

浪花也总是歌声不断

海风牵挂海浪跑得很远，很远

行迹总是被潮汐掩埋在沙滩

愁容终将散尽

如果浪奔浪舞有好梦

就让海风日夜不停

如果沙滩上的行迹不值得留存

就让汐去潮来

想到海

想到海

就有涛声从耳边响过

蓝色的气息扑来

威武的战舰驶来

天蓝蓝，海蓝蓝

一种颜色，装饰一个骑士的世界

想到海

不息的浪，不息的涛

就汹涌到梦里，耳边

海，走了，融进天空里

海是天的儿子

那里有我的呼吸

我知道

我知道
我的美丽
总不肯，多留
片刻
也不会，有谁
采下一朵

所以，我选择
激情和花期
绽放
每一朵
花开
都是自我
哪怕无人问津

帆的远影

我喜欢海浪
因为海浪生生不息
我喜欢海浪上的帆
因为那帆
驰骋浪涛之巅

我喜欢有一阵大风掠过
碧浪如山起山落
那叶帆如一只海鸥站立浪尖
依然自由自在

我喜欢听浪的轻歌
望帆的远影
那是思绪飞扬
潮落潮涨

我喜欢海中的浪

浪中的海

我是浪上的白帆

我是奔跑的浪山

青春的乐章

赶路的春风

落脚那呼伦贝尔大草原

于是，草原动了

一首《春之歌》在草尖上拉开大幕

弹弹唱唱，一场又一场

绿色的音符

青春的乐章

把草原，唱醉了花开

把牛羊，注入了力量

草浪翻滚，毡房起舞

马群奔驰，沸如海洋

看马鞍上美丽的红纱巾

风追风，浪赶浪

最美是阿爸的长调

从历史深处抽出

悠扬，婉转，泣声，欢畅

滑过天空

飞向远方

小花伞

远处的雨声在空中回荡

淅淅沥沥

哗哗山响

我们在伞下牵手

听雨声来了又走

走了又唱

雨声，时重时轻

渐行渐远，一叶扁舟

随浪起浪伏，情短情长

你说，希望我像海浪般勇敢

我说，愿你如花在浪峰上开放

你说，希望我做执着的桅杆

我说，愿你做扬起的白帆

雨声不止

倾吐衷肠

雨声，淅淅沥沥
心声，跌跌宕宕
情也长长
意也长长

在下雪的时候

冬天的骄傲

是冰封雪飘

冰封

让大地做个好梦

雪花

给世界穿上白色的蟒袍

冬天来了

春天跟脚就到

你看

春天的曙光

已在远方破晓

浪花

浪花呀
你的花期最短
却拥有整个海洋

浪起浪伏
不舍昼夜
属于你的
永远是无限

海岛

在喧嚣的波涛起伏的大海
海岛是寂寞的
它习惯独处
默默不语
浪击，浪打
风吹，雷劈
它不说话
笑看风高浪起

世界，把骄傲给了你

你的存在，让世界长大了
整个宇宙踩在你的脚下
我们拥有的世界
也好像越来越小
昨天，印度洋的风鼓满你的帆
今天，大西洋的水抚摩你的舷
辽阔的海把速度给了你

传说了几千年的神话
成了街头巷尾的谈资
"嫦娥五号"九霄"问天"
停泊银河之岸
五星红旗插上太空
是世界，把骄傲给了你
让你风光无限

小草的第一个冬天

云暗了，风寒了

飞雪漫天

枯黄的小草，在雪下忧伤

何时春天到来

驱逐这大雪的寒冷？

树低头告诉小草

挺直身子，望向远方

抓住身体里的绿

熬过黑夜就见曙光

树的话，赶走了小草的愁容

小草躲进雪窝里

过了第一个冬天

那梦，长过远天，又甜又香

仙扎根/摄

第二辑
爱满小院

稔熟小院的

那扇篱笆门的幻影

总是虚虚掩掩

向往

沿着崎岖的小路
低低地，低下身子
溪水刻刻处微，时时居卑
柔韧得像一缕春风

吐着朵朵小小的水花
越过嶙嶙山石的冷遇
穿越草原的空旷
哗啦啦歌唱
生命的旋律

不知会流到哪里
只向往
山窝窝以外的世界
走出来，走得更远

一股渴望的意志
超越云彩的高度

小溪是最初的名字
后来叫：江河湖海

真想

和生命一样

爱得深深，也终将逝去

深深的爱

一颗种子，植在心扉

花开四季

是您，把所有的爱都给了我

如天空、大地、阳光、雨露、空气

流淌血脉中

像是昨天

您还在眼前

期盼我快快长大，振翅高飞

用生命养育一个生命

当那一天来临

您望着豁朗的晴空

脸绽放光灿灿的笑容

比我还高兴的是您呵

那一刻，我看到您的眼角

噙着泪花

欣喜与忧伤

期待与惆怅

交融

千里扬帆，牵动着柔肠

异乡之地

挂满一串春天的花朵

养育生命的爱，是永恒的

宛若

天空的湛蓝

大地的辽远

阳光的温馨

雨露的甘甜

空气的新鲜

真想

回到那往日的时光

看一眼您的笑靥欢颜

当着您的面儿

喊一声：娘

就一声

星光与大海

一颗星，闪亮

两颗星，晶亮

三颗星，明亮

你我加在一起的时候，就是太阳

一滴水，是水珠

千滴水，是小溪

万滴水，是条河

你的心我的心汇集一起，就是海洋

筑在月色与星光之间

楼上的月亮掉海里

海水抱住一个圆圆的月亮

月妩媚

海含情

是爱的约定吗?

我的月亮

在梦乡

时光依旧童年

月光依旧清香

星光依旧璀璨

那奔月的嫦娥啊

依旧迷人的模样

我问月亮:

是哪一缕月光洒给我的家乡

我问星星：

是哪一颗星星正照着我的村庄

月亮和星星笑而不语

这一夜，留恋落在我的心上

童年的梦，筑在月亮上

筑在星光上

生命的根

都说，家是避风的港湾

都说，家是心灵的家园

麻雀也知道巢的重要

何况，食烟火的我们

人这辈子呼唤最多的是爹娘

想得最多的地方

是粗茶淡饭的老房子

幽暗，温馨，亲切

每个角落都布满

生命的根须

每当我早晨醒来

她就与我寸步不离

袅袅的炊烟，院里的鸡鸣

弥漫在我的记忆里

每天的出发，风雨里来去

翻越山坡，蹚过大河

给我陪伴和勇气

那根在天空，在土地

那根在山川，在大海

牵扯着我

是我的心跳和呼吸

一个音符

一双筷子

夹起酸甜苦辣

尝尽春夏秋冬

承载了一个民族五千多年的

美好向往

一个音符

高高低低，曲曲弯弯

跋山涉水，高亢委婉

奏响了一曲千古华章

让人心陶醉

一双筷子

历史的拐杖

一个音符

神话的翅膀

是谁唤醒了熟睡的记忆

秋风渐凉时

是唤醒记忆的开始

大地，从我的视线里 ——

斑斓的田野变得单调了

那块火红的高粱地褪色了

这块金黄的苞米棒子地不见了

村东那条小河，在秋阳下流淌成一条线

连天上的白云和岸边欢乐的人影

以及爽风吹送朗朗的笑声

都一一远去

秋后的田野，一遍遍

被虫儿，雀儿，啄过

村里的场院、窗台、房檐下

晾晒着最美的也是最后的秋色

村口那片柿子林

小红灯笼似的柿子，迎风款款摇曳

是告别也是挽留

村里的老人都说，俺村大名"定福庄"

"柿柿如意，定有福气"

是呵，田野空旷了

秋空蓝净如洗，变得更为高远

我喜欢静静地遥望展翅南飞的雁阵

谛听那悠然悦耳的声声啼鸣

直到雁阵消失在苍茫的远方

远方就是天边

"天外一定还有天，那里会很美很美"

那时，我常常这样想

匆匆的岁月，模糊了奔波的脚印

最美的秋色，唤醒了熟睡的记忆

回首

初见你时，你站在船头

手持一面彩旗

那是一缕蓝色的风

有一股坚毅穿越时空

航海时，你的手臂不停地挥舞

让我们躲避暗礁

每一次远航归来

都看到你旗上的笑语

分别时，你唱起我最喜欢的那支老歌

沙滩上留下一行深深的足迹

那是我俩友谊的明证

想你时，你便乘风而来

你依然挥舞着彩旗

白帆白，蓝天蓝，海鸥也不愿离去

岁月如流水，永不复返

只有回首，一段旧情才能回来

寻找记忆深处的响声

青春的颜色

你问我青春是什么颜色
像小白鸽初丰的羽翼
刚露头的小荷尖尖角
含苞待放的百花
东方火红的朝霞

青春，最好的岁月
是让心弦颤动的一把琴
让心向着梦想出发
是哗啦啦飞向远方的小河
浪追浪，飞奔的小马

青春不老
青春与热血同在
青春把所有的颜色

揉成一个诗意的远方

让我们奋斗

让我们向往

稔熟的小院

千里外的亲切问候

睡梦中的甜甜呓语

一缕心心相系的乡恋

纵有千言

抵不过小院的一缕炊烟

疼爱牵挂

一生沧桑未曾淡然

多么幸福

生命全部的挚爱和温暖

慢慢地咀嚼家的味道

一茶一饭总是香甜

除夕老屋的炉火

秋风起时的冷暖

六月荷花映日的红艳

春雨绵绵的诗意向远

稔熟小院的

那扇篱笆门的幻影

总是虚虚掩掩

天涯的游子

游子，原来
并非无牵无挂
乡愁写在浩瀚的天空

觅乡音
银光映照
天下每个地方

月圆时，浓情暖人间
举头望，乡土香
天上，也人间

天涯的游子
夜夜诗思望梦圆

不仅仅因为留恋

我为什么常常想起你

你的名字 ——

如春水般澄澈

如春光般亮丽

如春雨般梦幻

你的名字哟

如春风的手指

轻轻拨动大地的琴弦

奏一曲青春的旋律

缠绵不断

你的身影离我很近，很近

却又离得很远，很远

不管年深，不管日远

那旋律却常萦绕着我

想起你，并不仅仅是因为留恋

天蓝，海阔，春暖

天蓝，海阔，春暖
给了我一片辽远的天空
让我展翅飞翔
让我云卷云舒
我知道
它意味着什么

我渴望扬起一叶帆
它给了我一片浩瀚的海
狂涛巨澜无际无边
我知道
它饱含着什么

在我踏过的路径上
阵阵春风化雨拂面

栽培一颗朴素初心

我知道啊

它的爱多厚，多长，多远

花落是微笑

没有不凋谢的花朵
如有，那是画家摄影师的创造
花无百日红
红褪香消谁能留？

在花的眼里
花开是本性
花落是微笑
笑一次，花叶归根
就是美的宣言

冀东平原小调

啊，这是我的故乡
田野，辽远得一望无际
平平展展像无浪的海
远远近近的村落，就是停泊的船
闪闪烁烁的晚灯，就是避风的港

故乡最美是春天
春风把大地搂在怀里
春光献给了正在拔节的麦苗
绿浪翻翻滚滚
放眼田埂上盛开的野花
蜂飞蝶舞
一河春水浪打浪
浪花，前呼后拥
驮着远方的希望

奔向希望的远方

望田间，一声声冀东平原小调
一声高，一声低
没腔没调，却婉转流利悦耳悠扬
地头上，锹挥锄舞
移动的身影追逐太阳
飘飞的蒲公英
扶摇直上
春风习习，把一颗颗生命的种子
撒向田野山冈

啊，这是我的故乡
一想起她
怎么就这么心潮澎湃
啊，我的故乡

她

深藏着爱
苦涩自己咽
泪也甜

盼望
快点儿长大

翅膀硬了
又怕飞得远

为了爱的人
也为自己

蹈海踏浪山

扬帆碧波远，
壮怀接云天。
奋楫今有日，
蹈海踏浪山。

树上，树下

一棵梧桐树，映照两户人家

树上

两只喜鹊正忙着筑巢

飞来飞去，口衔草梗

加固房屋，挡风挡雨

把小鸟一天天养大

树下，一个母亲和一辆婴儿车

母亲侬侬细语

宝宝咿咿呀呀

期盼在暖暖的目光中发芽

树上，一家子奔波劳碌

树下，母子俩其乐融融

他们在自己的世界里

用自己的语言，自己的行动

阐述同一个主题

竟如此生动

海中即景

是湛蓝的美，是美的湛蓝。

海天交接处，浪花吻天边。

天上月亮明，海中明月闪。

风吹浪起时，尚有月光灿。

第三辑
春天来了

春天来了

春风，总在心中唱响一支不老的歌

春雨，总在天空架起一道彩虹

跋涉

碧海浪花白，
朵朵带笑开。
鸥翅追浪影，
又有百合来。

冰峰藏佳境，
雪莲心最爱。
三花并蒂美，
不负心血栽。

注：十余载潜心诗创，有诗集《冰峰的
雪莲》《浪花依旧白》《红红的百合》问
世。回首来路，浮想联翩，以诗记之。

晴空旭日霞染天

浪花飞溅汽笛鸣，
乘风破浪向远行。
晴空旭日霞染天，
海魂衫里藏雄风。

波涛汹涌布险峰，
壮志肝胆自从容。
此行深蓝浓抹处，
更看碧海中国红。

每一次和你相遇

多少次和你相遇
都写满 ——
泥泞与跋涉的汗水
风浪与搏击的惊险
挫折与挣扎的苦涩

坎坷风雨路
有谁不经行
听惯了风的怒吼
习惯了浪的咆哮
我始终在路上
你永远在我身后

感谢每一次和你相遇
都是胜利的结局

也谢谢我自己

每一次相遇都成长了自己

新岁偶题

韶华春光好

无意寻芳踪

昨天旭日灿

今朝霞更红

轻风细雨润绿柳

云卷云舒看险峰

一次次疾风苦雨

一回回秋硕丰盈

一次次浪高涛急

一回回柳暗花明

砥砺拼搏写新史

默默耕耘潜作声

居卑处微若涓水

怀抱白云身自轻
时代举旗开新埠
华夏大疆扬惠风

天道亦酬勤
荣辱两不惊
壮心终不已
伏枥上征程

浩气如虹再扬帆
—— 献给中国共产党百年华诞

南湖红船起步艰，

叱咤风云挽狂澜。

历经千辛与万苦，

英勇顽强丰功建。

初心如磐终不忘，

使命在肩重如山。

百年恰是风华茂，

浩气如虹再扬帆。

曙色淡淡时

从刚刚醒来的海上吹来

柔柔的风，

清新又湿润

从茫茫大海的深处驶来

滔滔的浪

深情又急切

絮语的风，轻吟的浪

海的晨曲

潮升涨，潮音长

星儿空，东方亮

不知啥时，一片玫瑰色的霞光

悄悄飞进我的心窝

久久不肯说再见

曙色淡淡时

我常常漫步海风中
大海还是昨天的大海
海浪不是昨天的海浪

向未来，志弥坚
—— 致友人

路迢迢，征途远，

梦相依，天地宽。

浪滔滔，鼓满帆，

艰和险，敢于攀。

初心在，方向明，

种春风，播秋灿。

冰雪寒，更巍然，

善学习，勤为先。

有前途，须自勉，

敢拼搏，抛肝胆。

山为高，积沙成，

海为大，不拒源。

苦读书，肯钻研，

怀谦卑，不自满。

时代好，社会暖，

家国情，重如山。

公与私，泾渭分，

得与失，视云烟。

淡名利，严自律，

知荣辱，求进步。

向未来，志弥坚，

君奋力，莫等闲。

水兵、浪涛和晨曦

水兵，和战士的名字一样

是勇敢，是忠诚

带几分浪漫，多几缕色彩

水兵的脚下是浪涛

蓝色的疆域

流动的群峰

四季不败的花朵

坚定不移的航标灯

这片土地生长百年梦

锻造坦荡和忠勇

水兵，永远伫立于起伏的浪涛之上

像暴风雨给海燕一副坚韧的翅膀

翅膀下

每一寸领海写着安宁

每一寸领空写着平静

每一缕海风都凝铸着警惕

每一片夜空都镶着水兵的眼睛

远航归来

岸上的灯塔在炊烟下召唤

宛若母亲唤儿回家的身影

万家灯火拥入打湿的胸膛

是母亲和游子久别后的相逢

军港的夜啊，月儿明

海风轻轻

那潮汐柔柔的絮语

是说不完的情话

是道不尽的亲情

海水咸

梦里甜

当第一缕晨曦洒在甲板上

水兵翻身起床，告别

踏上军舰的甲板

又开始新的征程

碧海扬波千万里

海魂衫上朵朵红

他笑的样子，真好看

眼前的海，微波粼粼

海风温柔地吹着

几朵含满暑气的白云，那么低

是叮嘱的温柔话语

此刻

我以新兵的名义畅游大海

我想告诉那低低的白云

我很勇敢，且忠诚

身旁，班长，一个山东汉子

悠然地陪着我 —— 他的小兵

我游着，游着

离岸越来越远

岸上的人影越来越小

我的腿却失灵了

我向大海喊：

"班长，我的左腿抽筋了！"

浪花上飘过鼓励的话：

"不要紧，用右腿蹬水！"

又坚定地喊："全力返回！"

于是，我向岸边游去

起风了

蔚蓝色的海水瞬间失去了光泽

海水忽然换了一副面孔

我的右腿也抽筋了

我有点不知所措

班长游过来，抖落脸上的水花

"来，抓住我的肩膀！"

我抓住了救命的绳子

两个生命，两股力量

牵着海浪的鼻子游荡

浪越来越大
压住海浪的是班长的话
"一定要抓住我！抓住！"
当我的双脚触到沙滩那一刻
我有起死回生的感觉

这时，只见班长跌坐在沙滩
大口喘着粗气
左肩膀上有五个深陷的红红的指印
五个血印，五朵红梅
烧红了我的眼睛
班长看着我，笑了
他笑的样子，真好看

路漫漫惟有奋斗

整整一百年了

走过了波澜壮阔的征程

书写了气壮山河的史诗

建立了彪炳史册的功勋

开创了春光无限的愿景

中国共产党

多么伟大

多么光荣

多么正确

像一轮初升的朝阳

照耀在世界的东方

穿越百年时空

回首岁月峥嵘

远望未来路漫漫
民族昌盛再攀登

我们啊
南湖的一叶红舟，不能忘
南昌城头的枪声，不能忘
井冈山上的星火，不能忘
雪山草地的冷月，不能忘
古田遵义的光芒，不能忘
历经的浴血奋战，不能忘
昨天的苦难辉煌，不能忘
生命的根基，不能忘
伟大的梦想，不能忘

奋斗百年，青史可鉴
勿忘过去，使命在肩
胸怀理想，矢志不渝
锚定初心，远航扬帆

今天啊

我们伟大的党

又引领中华民族踏上了伟大复兴之路

站起来

富起来

强起来

奋楫扬帆新征程

伟业千秋中国梦

路漫漫惟有奋斗

创未来勇毅前行

航船

航船

经不起搁浅

却经得住狂涛巨浪

在失去自由时

方感海的博大

有和无的分量！

致黄河

很久很久以前，诗人李白就说：
"君不见黄河之水天上来，
奔流到海不复回"
你是从天上来的一条神水
一个传说，俘获了我至高的敬畏

然而，你是永恒的
莽莽巴颜喀拉山脚下的河谷
流出一条长长的黄色的水
你的乳名：中国河
注定是生育我们的母亲河

金涛银浪，蜿蜒如龙
一条生命的血脉
一个民族的魂魄

088

黄河万古流，福耀大中国

黄河，你是坚强的
九曲十八弯，宛转，腾跃
浩浩荡荡，一路向东
激流穿过险滩，巨浪挽起百川

黄河，你是博大的
泱泱雄风，气势磅礴
把碧绿留给大地，把梦想送给高原
你用甘甜的乳汁哺育着我
千丈狂澜那是生命的象征
大爱藏沃土，万缕慈母情

黄河，我的母亲河
黄河黄，长又长
滔滔水，浪花香
源泉无穷，神州莽莽

今天，你流在我的心里
追赶时代的浪波

又是一年春光好
江山多壮丽，长城更巍峨
春潮八方起，四海扬新歌
炎黄子孙豪迈向未来
黄河，你的乳汁就是我不朽的魂魄

印有金锚的飘带

满海飞扬跋扈的浪
满海如山似谷的涛
满海肆无忌惮的风
惊心动魄的诗行

风声浪语是家乡大森林的
阵阵松涛吗？
碧涛银浪是家乡大山们的
群峰竞秀吗？
我是说哟
朵朵浪花白
就是家乡千树万树梨花开
树啊，山啊
一股脑儿装进水兵的胸膛

波涛万顷涌起来吧

浪山千座扑过来吧

印有金锚的飘带迎风飘扬

战舰作战马

浪花作刀枪

水兵就是一个个铁锚

铆在万里如磐的海疆

握一把往日时光

握一把往日时光
洒落思念的世界
温暖在胸腔弥漫

念万里扬帆
思来路漫漫
海，丰收了浪涛
我，丰收了梦圆

牵不住岁月的脚步
留不下韶华的光焰
一根水线连着天与海
一道航迹深耕在心田

浪的故事

在心窝里节节孵化

涛的旋律

在记忆里夜夜飞旋

有一种胸怀，是蓝色的

除了蓝

没有哪一种颜色

日久天长地蓝

小溪追逐着它

江河奔涌着它

除了浪花

没有什么花草

花开四季一枝独秀

那是海的笑容绵延不绝

浪的轻歌不息

除了舟楫

没有任何足迹永存

浪有多高，足迹就有多高

海有多阔，足迹比浪花还多
从来不问狂风巨浪的险恶

蓝色，闯海人独有的情怀
它比天高，比海阔

以我和战友的名义

那些惊涛万里
那些风雨同舟
那些枪林弹雨
那些奋勇当先
那些穿越飞雪严寒
携手并肩的往事
想起来并不遥远
那不曾忘记的昨天
依然珍惜，永存心间

时光里
征程上
我们共甘苦，同欢笑
我们共风雨，同成长
每一次生命的感动

总是肝胆与真心拥抱
每一次赢得荣光
总是热血与初心相连

你和我
不是兄弟，胜似兄弟
不是手足，亲如手足
一个情怀，融入血脉
一个目标，豪情永在
一个责任，扛在肩上
一样的青春年华
留给山高水长

以我和战友的名义
重温记忆的昨天
生死与共
向未来，向明天

汗水的芬芳

在春天里奔波

怀揣温暖，在空中飞跑

快递山川、河流、田野、草原……

大地的每一块地方

都有汗水的芬芳

它在春天耘田播种里

它在秋天谷香瓜甜里

汗水抵达的地方

就是我们梦想的家乡

再出发

今天，他又要出发
把爱揣进怀里
把军装穿在身上
面前，任重，艰险
转身，离家千里远
他挥手回眸一笑
把春风留给了我
他的心愿
我的期盼

望着渐行渐远的背影
仍是那样挺拔而坚实
一肩行囊
装满一个春天
守护国家的安宁

何惧风急水险
为了领土的完整
宁愿抛弃小家的温暖

他走了，踏着大步
我目送他一路平安
他的影子是我长长的思念
我知道，他归来时
一定是英雄的模样

若没有你

向往是辽阔的天空
希望是广阔的大地
若没有你
何来梦想瑰丽

深深的根是源
碧绿的叶是泉
若没有你
何来春华秋实

海纳百川博大
浪涛激荡不已
若没有你
簇簇浪花也失去了根基

追不上的浪涛

涛起浪涌

抬高了无边无际的海

涛声浪响

拓宽了浩浩荡荡的水

追不上的浪涛

抓不住的海风

一阵湿润的风穿过舷窗

留下淡淡的咸

总是在夜深时相遇

繁星闪烁，像条河

月光如洗，像大海

我摘取我最爱的那朵浪花

这么多年过去了

我忽然发现有一件东西

遗在了你的怀里

春天来了

春天来了

杏花春雨，田野泛绿

姹紫嫣红，小河欢歌

春天的颜色总是明媚迷人

春天的眼睛总是动人清澈

春天来了

流水年华，沧桑岁月

山高路远，步履匆匆

春天在岁月里年轻

春天在岁月里生动

春天来了

春风，总在心中唱响一支不老的歌

春雨，总在天空架起一道彩虹

浪花的根

不要去问，海的浪花
它的根在哪里？
在湛蓝湛蓝的海底吗？
海滔滔
浪无言

是啊
大海潮，朝朝涨
汐流长，天天淌
拥抱着日日夜夜
摇撼着白云山巅
它的根一定很壮很硬
竟托得住万水千帆

你看呀，它的根是神灵的

总是眼望陆地

总是扑向前方

心语，在星光月色下吟诵

柔情，在潮汐中缠绵

说不完的悄悄话

涌向白云，举向蓝天

数不清的浪花簇拥潮头

那是大海对根的深深眷恋

水在辽远中辽远

情在无限中无限

一心痴守

你的名字，无人不晓

你的蓝色，与天齐高

多少人将你吟哦、唱诵

说你胸怀宽广

伸出双臂，拥抱江河

说你大爱无言

驮船载舟

遨游大海

说你快乐坚强

奔腾不息，笑声朗朗

说你真情永驻

一种美德，一心痴守

没有谁比你更懂得生命的含义

生为大海，死为大海

你的手臂长过海岸

你的足迹多过浪峰涛脊

浪涛是永不停止的脉搏

潮起潮落是你日日坚守的呼吸

每一朵浪花都为你插翅飞翔

远方，挂满梦幻的彩翼

天天守时，如钉似铆

万顷波涛，书写血性和壮丽

放眼山河

那是你勾画的蓝图

纬天经地

你的歌

你行进在崇山峻岭，
脚下布满坎坎坷坷。
你辗转在大漠荒原，
昂首遥望一天星河。
你用生命书写征途，
肩负使命初心如火。
啊，大地宽广，山高水长，
啊，大海无垠，天空辽阔，
你的歌是神圣的使命，
你的歌是神圣的祖国。

你是一柄倚天神剑，
直指碧空白云朵朵。
你是一株参天大树，
巍然耸立苍翠巍峨。

你是一座时代丰碑，
赤胆忠心英雄本色。
啊，大地宽广，山高水长，
啊，大海无垠，天空辽阔，
你的歌是神圣的使命，
你的歌是神圣的祖国。

海言更喜孤帆迟

风生水起海先知，
千涛万浪涌成诗。
有曰天清一雁远，
海言更喜孤帆迟。

渴望

渴望是一种信仰

和星辰比起来

你离辉煌最近

狂飙卷不走你

风暴浇不灭你

你的存在

是远航者心中闪烁的灯塔

是归航者眼中生命的希望

渴望在心里生根

乌云过后是彩虹

追求

仿佛所有的花

都落户了大海

赓续江河的浩瀚

承继大海的力量

浪花自有浪花的秉性

勇立潮头

—— 无畏

梦在远方

—— 始终

后记

　　第三本诗集《红红的百合》本为收官之作。产生创作这本诗集的冲动，最初源于作书名的短诗《星光与大海》。说来让人难以置信，一首仅60个字的诗，竟然把自己打动了，把我又带回那最初出发的地方：辽阔浩瀚的大海，跃出波涛的旭日，闪烁海空的星光，劈波斩浪的战舰，火热蓬勃的军营，温暖如春的集体，一张张朴实憨厚的面孔……潮水般涌入脑海。与我朝夕相处十五载的那片蓝色田野，从未走远，就在身边。那片蓝，一点也没褪色。

　　有一次，一位友人认真地问我：你当兵四十年，"主业"丰收，"副业"也精彩，靠啥？如果读过我的诗文，我想，他不难从中找到答案。一朵浪花澎湃，只因是大海的成就。我和千千万万的人一样，很幸运，赶上了一个最美好的时代，跟上了时代前进的步伐，让梦想的实现成为可能；有伟大的党、伟大的祖国、伟大的人民、伟大的人民军队可依靠，很幸福。如果没有这片辽阔的天空和希望的田野，没有温馨祥和的岁月，没有悉心栽培的大爱，个人想有所作为，又从何谈起呢？

我是从一个普通的工人家庭走出来的，在冀东农村长大，家境清贫，很小就尝到生活的艰辛。父亲马文清是工人，母亲王淑琴务农。我10岁那年，一次偶然的机会，父亲把全家带进了城，后来母亲也进了工厂。父母没上过一天学，他们没有文化，但有吃苦耐劳、坚韧向上的精神，有忠厚老实、正直善良的品质。我从小耳濡目染，融入血脉，烙在心上，终身受用，激励我自立自强，执着前行。跋涉在路上，希望也在路上。

古人云，"诗言志"。诗，不管意象多么丰富，诗意多么多彩，在风霜雨雪、柳绿花红的背后，只能是作者真实的自己。我十八岁走进军营，从水兵起步，风浪伴成长，朝阳给力量，梦想成就青春，汗水收获果香。因为曾经有过，就自然写出有过的曾经。

这本诗集能顺利出版，还得益于当代著名诗人峭岩同志。他是我的战友，也是挚友，才华横溢，著作等身（曾出版《峭岩诗集》12卷），德艺双馨。二十多年来，在诗歌创作上，他是我的领路人，我一直得到他的热情鼓励和鼎力相助。他是我的拐杖、阶梯和肩膀，为我的诗歌创作付出大量心血。他的真诚、真心、真意，让我感动受益，难以忘怀。有此因缘，深感有幸。这次他又为我的诗集作序，并对全部作品认真审阅斧正。在此，表示深深的谢意。

感谢中国书法家协会副主席、书法家刘洪彪先生和中国书法家协会理事、书法家李洪海先生为诗集题写书名。

中国文联出版社对诗集的出版非常重视，责任编辑周小丽同志三次编辑我的诗集，认真负责，热情真诚；曾获全国图书装帧设计一等奖的符晓笛先生，以及舒刚卫同志精心为诗集装帧设计；刘继先、畅泽军和仙扎根同志热情为诗集插图摄影，在此，一并表示衷心感谢。

我深知自己文笔稚拙，功底不深，诗作如有不妥之处，恳请读者给予批评指正。

2022年6月28日